THÉATRE BLANC

HENRY BERTIN

CHEZ LE COUTURIER

COMÉDIE EN UN ACTE

PARIS
LIBRAIRIE THÉATRALE
30, RUE DE GRAMMONT, 30

1904

CHEZ LE COUTURIER

COMÉDIE EN UN ACTE POUR JEUNES FILLES

HENRY BERTIN

CHEZ LE COUTURIER

COMÉDIE EN UN ACTE

PARIS
LIBRAIRIE THÉATRALE
30, RUE DE GRAMMONT, 30

1904

PERSONNAGES

MADAME AMALIA VANDERBILL, 25 ans.
JESSIE ROBERTSON, sa cousine, 18 ans.
MADEMOISELLE DÉSIRÉE, sa dame de compagnie, 29 ans.
COMTESSE ROSE DE BERNAY, 23 ans.
MADAME ARMANDINE, première de chez Jules, 28 ans.
MADEMOISELLE SOLANGE, deuxième vendeuse, 24 ans.
Mlles THÉRÉSA, essayeuse, 20 ans.
CORINNE, corsagière, 19 ans.
EUPHÉMIE, jupière, 18 ans.
LOUISETTE, jeune ouvrière, 15 ans.

MONSIEUR JULES, personnage qui reste à la cantonade.

La scène se passe dans un des salons de M. Jules, le grand couturier. Le personnage de Jessie Robertson, doit être joué par une jeune fille grande et mince.

CHEZ LE COUTURIER

Le théâtre représente un salon; tables à gauche et à droite premier plan, sur lesquelles il y a des journaux, des gravures de mode et des morceaux d'étoffe; jupes, corsages, dentelles, ruches à volonté sur les meubles; une porte à gauche; une autre à droite.

SCÈNE PREMIÈRE

MADAME ARMANDINE, SOLANGE, puis successivement EUPHÉMIE, CORINNE, THÉRÉSA, et LOUISETTE.

MADAME ARMANDINE, très affairée, comme si elle arrivait à l'instant, enlève son chapeau, puis arrange ses cheveux, appelant.

Mademoiselle Solange!

SOLANGE, qui range des gravures sur la table de gauche.

Madame?

ARMANDINE, même jeu.

Vite! appelez-moi la jupière et la corsagière en chef... La présentation à la reine d'Angleterre aura lieu dans la quinzaine, je viens de lire cela dans le *Times*

SOLANGE, *riant.*

Alors, nous allons bientôt voir apparaître la riche madame Amalia Vanderbill qui a traversé l'Océan tout exprès pour faire sa révérence à la très gracieuse reine Alexandra.

MADAME ARMANDINE, *de même.*

Oui, elle va accourir avec quelque nouvelle idée... baroque, comme celles qui traversent vingt fois par jour sa cervelle de millionnaire.

SOLANGE, *avec dédain.*

Quelle toquée!... Mais sa cousine Jessie l'est encore plus, je crois.

MADAME ARMANDINE, *sèchement.*

Assez, mademoiselle Solange !... Un mot en passant entre nous, c'est bien... plus, c'est trop! (*Elle descend la scène avec importance.*) Ne perdez jamais de vue les principes de la maison Jules : avec les grosses bourses... une complaisance inaltérable, une souplesse d'esprit, qui permet de tourner les caprices de ces dames, en leur donnant une forme possible — avec les bourses moyennes — une raideur gracieuse, mais pleine de dignité...

SOLANGE, *avec un petit ricanement.*

Et avec les petites bourses, madame?

MADAME ARMANDINE, *très ferme.*

Avec celles-là, indépendance complète, dissimulée pourtant sous un dédain aimable.

SOLANGE, *soumise.*

Programme excellent! auquel je me conformerai désormais, madame... (*Allant à la porte de droite, appo-*

lant.) Mademoiselle Euphémie!... mademoiselle Corinne!

Euphémie et Corinne saluent avec respect madame Armandine, debout à gauche, un peu en arrière de la table.

MADAME ARMANDINE, leur faisant un petit signe de tête.

Je vous ai fait appeler, mesdemoiselles, pour vous transmettre les observations de M. Jules, l'illustre chef de notre maison...

Elle s'incline, les jeunes filles rangées sur la droite à quelque distance, l'imitent.

MADAME ARMANDINE, avec importance, continuant.

...Quand on a, comme vous, mesdemoiselles, l'honneur d'appartenir à ses ateliers, on doit s'inspirer des idées... (Avec force.) géniales, qui ont donné à la marque : Jules, une réputation dans tous les mondes. (Changeant de ton.) Or... hier, il s'est passé plusieurs faits, dont notre illustre patron a été navré. (D'un ton bref à Euphémie.) Veuillez me dire ce que vous aviez préparé pour les essayages d'hier?

EUPHÉMIE, très vivement.

Deux jupes de mariées, madame... Et j'ose dire que...

MADAME ARMANDINE, l'interrompant.

N'allez pas plus loin!... N'ajoutez pas un degré de présomption à la faute dont vous vous rendîtes coupable. (Très sévère.) Je vais vous faire sentir bientôt, moi... en quoi vous manquâtes. Oui... deux jupes de mariées... l'une, pour mademoiselle Béatrice de Lambourdin... (Changeant de ton.) ses mesures?

EUPHÉMIE, ton monotone, comme si elle récitait un pensum.

Mademoiselle Béatrice de Lambourdin — brune, hauteur totale 1 m. 75.

SOLANGE, à part.

Un tambour-major s'en contenterait...

EUPHÉMIE, continuant de même.

Jupe devant 1 m. 15, hanches 1 m. 20, taille 65 centimètres... c'est tout pour moi, le reste regarde la corsagière...

CORINNE, avec volubilité.

Mademoiselle de Lambourdin, cou 43 centimètres, largeur du buste 1 m. 25, taille...

MADAME ARMANDINE, impatiente.

Assez ! Je m'occuperai de vous tout à l'heure. Vidons d'abord la question des jupes. (A Euphémie.) La seconde, pour qui, s'il vous plaît?

EUPHÉMIE, très empressée.

Pour mademoiselle Sylvie de Lalouette, madame. Blonde!... hauteur totale 1 m. 51, devant jupe 98. taille 48...

MADAME ARMANDINE, sévère.

Et, c'est pour cette jeune fille mignonne, créature idéale, que vous avez cru devoir préparer une traîne carrée ?

SOLANGE, feignant l'indignation.

Une traîne carrée... à mademoiselle de Lalouette ! Est-ce bien possible ?

MADAME ARMANDINE, avec éclat à Euphémie.

Mais malheureuse enfant ! Je ne savais plus où me fourrer hier, quand, d'un geste significatif, le patron indigné m'a montré cette lourde nappe d'étoffe, entravant les ondulations gracieuses de la taille de sylphide de mademoiselle Sylvie.

EUPHÉMIE, balbutiant.

Madame... j'avais cru...

MADAME ARMANDINE, très animée.

A quoi donc vous servent vos yeux ? N'avez-vous jamais vu une libellule au corps allongé? Sa queue... ses ailes diaphanes sont-elles carrées... dites-moi ?

EUPHÉMIE, confuse.

J'avoue, madame, que...

MADAME ARMANDINE, avec gravité.

Et non contente de cette lourde faute, voilà que vous l'avez aggravée encore en ce qui concerne mademoiselle de Lambourdin, pour qui vous taillez une queue oblongue...

SOLANGE, rire méprisant.

Une queue oblongue !... non... Décidement...

MADAME ARMANDINE.

Tout vous indiquait pour elle la traîne carrée... (Très vite.) sa robuste beauté, son âge, vingt-cinq ans, sa grande fortune et celle de son futur, plus les matériaux de sa toilette : damas splendide à fleurs en relief, volants d'Alençon, et triple cordon de roses blanches... (S'animant.) tout ! tout ! exigeait le manteau de cour... tout ..

SOLANGE, pincée.

Ça ne faisait pas l'ombre d'un doute !...

MADAME ARMANDINE, amère.

Et vous allez affubler de celui-ci un léger papillon comme mademoiselle Sylvie, presque une enfant, dix-sept ans, et dont M. Jules a décidé de... (Elle fait un geste circulaire de la main.) d'enrouler la maigreur juvénile dans un flot de surah et de gaze légère. (Plus sévère.) Mademoiselle Sylvie... fortune indécise... qui épouse un cousin dans une situation analogue... Dans ces circonstances-là, mademoiselle, mais il n'y a que le vague. . le flou... la fantaisie... (Très grave.) Souvenez-vous en toujours...

EUPHÉMIE, soumise.

Ah certes, madame!... Je n'aurai garde de l'oublier.

Elle se met derrière ses compagnes.

CORINNE, s'avançant, à part.

A mon tour! Gare le paquet...

Deux coups de timbre dans la coulisse.

SOLANGE.

Une nouvelle cliente, sans doute?

Elle va vers la gauche.

MADAME ARMANDINE.

Non... c'est l'Ambassadrice... M. Jules désire avant tout conférer avec elle. Toby, le groom doit la conduire au cabinet du patron... Pendant que je termine ici, appelez donc, mademoiselle Thérésa et la petite Louisette, à qui j'ai besoin de parler...

Elle continue à voix basse sa conversation avec Solange.

EUPHÉMIE, bas à Corinne, riant.

Prépare-toi au choc! ma chère...

CORINNE, de même.

Bah! la première n'est pas méchante... Ce n'est pas comme cette pimbêche de Solange.

EUPHÉMIE, avec rancune.

Oh! la mauvaise pièce! As-tu vu comme elle a ricané... Elle qui m'a vu faire, et ne m'a pas avertie...

Solange sort à droite.

CORINNE.

Chut donc... Madame Armandine!...

MADAME ARMANDINE, avec condescendance à Corinne.

Les observations que j'ai faites à votre compagne ont dû vous préparer à ce que j'ai à vous dire; vos fautes sont les mêmes... Comment une personne de goût, comme vous, Corinne? (Corinne s'incline.) a-t-elle pu faire de pareilles bévues? Des revers à mademoiselle Sylvie, et un corsage drapé à mademoiselle Béatrice, (s'animant.) dont le buste magnifique, en plein développement, ne réclame aucun... aucun des trompe-l'œil, si nécessaire à la ligne sèche et pleine de... de lacunes de mademoiselle Sylvie... (Avec force.) Moins d'étourderie, et plus d'invention... Mademoiselle. Cherchez! combinez!... Moulez!... ou amplifiez, selon l'esthétique des clientes... c'est seulement ainsi que vous serez digne de faire partie de la maison Jules.

Elle s'incline à ce nom, Corinne et Euphémie l'imitent.

CORINNE, d'un ton pénétré un peu ironique.

Pour cela! que ne ferait-on pas... Madame...?

MADAME ARMANDINE, avec dignité.

C'est bien... Je compte sur vous deux.

SCÈNE II

LES MÊMES, SOLANGE, THÉRÉSA, LOUISETTE.

THÉRÉSA, s'avançant très décidée, à madame Armandine.

Vous m'avez fait demander, madame.

MADAME ARMANDINE, sévère.

Oui... Le patron est mécontent. Il trouve que vos essayages ne sont pas assez serrés. Vous vous contentez de deux ou trois épingles, alors que la ligne entière devrait être dessinée, (s'animant.) la ligne! Mais c'est la qualité primordiale de la maison Jules...

THÉRÈSA, vexée avec vivacité.

Que madame me permette de le lui dire? Si distinguées que soient les clientes de la maison, la ligne ne brille pas toujours chez elles. (Avec humeur.) Et ce n'est pas agréable pour une essayeuse... (Avec orgueil.) de style! de se trouver en présence d'une verticale, quand c'est une rondeur ou un creux qu'exigerait la réussite du modèle.

MADAME ARMANDINE, sèche.

En ce cas, mademoiselle, vous n'avez qu'à m'avertir... M. Jules prévenu par moi, saura, avec le tact qui le caractérise, amener la cliente à accepter un autre genre, plus conforme aux... particularités de sa taille.

THÉRÉSA, riant.

Très bien, madame... Ah je ne serai pas longue à vous en signaler des... particularités, moi! Et...

MADAME ARMANDINE, l'arrêtant d'un geste.

Assez! Où est Louisette?

LOUISETTE, derrière Thérésa, petite voix flûtée, très timide.

Je suis là, madame...

MADAME ARMANDINE, souriant.

Approchez... j'ai à vous gronder, Louisette... mademoiselle Solange dit que vous ouvrez de trop grands yeux pour regarder les clientes.

EUPHÉMIE, à Corinne, bas.

Voilà un reproche qu'on ne pourra jamais lui faire à elle...

CORINNE.

Non... car elle les ferme à demi, croyant que c'est plus distingué.

MADAME ARMANDINE.

Puis, vous avez donné un coup de pied à Boulboul, le carlin de mademoiselle Jessie Robertson... un chien de quatre mille francs... un carlin adorable.

THÉRÉSA, avec brusquerie.

Moi! je ne le paierais pas quatre sous... Il a voulu mordre les jambes de Louisette; j'en aurais fait tout autant à sa place.

MADAME ARMANDINE, avec dignité.

S'il l'avait mordue!... M. Jules aurait mis ce coup de dent sur la note... Qu'une pareille chose ne se représente plus!...

Coup de timbre.

SOLANGE, allant à gauche.

Cette fois!... C'est madame Vanderbill.

MADAME ARMANDINE.

C'est bien... (Avec un geste.) Allez, mesdemoiselles...

Les jeunes filles s'en vont par la droite.

SCÈNE III

MADAME ARMANDINE, SOLANGE, MADAME VANDERBILL.

MADAME VANDERBILL, entre par la gauche, un journal à la main.

Ah! que je suis agitée! (A madame Armandine qui la salue, ainsi que Solange.) Vous m'attendiez, n'est-ce pas?... Quinze jours... plus que quinze jours! Enfin... je vais être présentée à une reine... Moi! moi... Je crois vous l'avoir déjà dit, hé? C'est pour cela seulement que je suis venue d'Amérique. (Traversant la scène à grands pas, à madame Armandine.) Le croyez-vous?... Pourrons-nous être prêtes... Ah! que je suis agitée!...

Elle se laisse tomber dans un fauteuil à droite.

MADAME ARMANDINE, très affable.

Certainement, madame...

MADAME VANDERBILL, se tournant brusquement vers Solange, qui est à sa gauche, avec inquiétude.

Elle ne dit rien, elle!

SOLANGE, avec modestie.

Oh! madame! Ai-je besoin de parler quand madame Armandine... (Avec intention.) Tout sera prêt certainement, si l'on arrête définitivement aujourd'hui, tous les détails de la toilette.

MADAME VANDERBILL, se levant avec fermeté.

Tous les détails! C'est cela qu'il faut définitivement arrêter .. (D'un air de confidence.) J'étais si agitée hier... que je n'ai pas fermé l'œil. (Souriant.) Alors, j'ai eu une idée... une idée délirante. Il est convenu déjà avec M. Jules que la traîne sera en damas fond blanc à fleurs rose pâle, or et argent. Eh bien, pour rattacher en festons mes splendides dentelles, savez-vous ce que je veux faire mettre?

MADAME ARMANDINE et SOLANGE.

Mais non!

MADAME VANDERBILL, triomphante.

Je pourrais vous le donner en cent, en mille... Mais non... c'est quelque chose de surprenant, de stupéfiant.

SOLANGE, à part.

D'extravagant !

MADAME VANDERBILL.

J'ai pitié de votre impatience... D'ailleurs, vous ne trouveriez jamais (Avec enthousiasme.) des huppes de kakatoès !... de kakatoès jaunes... mélangées de diamants !

MADAME ARMANDINE, consternée.

Des huppes !... des huppes !...

SOLANGE, à part, riant.

De kakato... Non ! non... C'est de la folie pure !

MADAME ARMANDINE.

D'abord, cela sera très cher !...

MADAME VANDERBILL, avec transport.

Très cher ! Parfaitement ! (Avec satisfaction.) Horriblement cher...

MADAME ARMANDINE, avec humeur.

Et fort laid ! On croira que ce sont des queues de serin... (Avec raideur.) Je ne suppose pas, madame, que, même pour vous, M. Jules veuille risquer de jeter le ridicule sur sa maison en employant un ornement... (Très animée.) d'une platitude... d'une vulgarité.

MADAME VANDERBILL, très en colère.

Vulgaires ! les huppes de kakatoès ?... Où prenez-vous cela, ma chère ? (Très vite.) Pour me les procurer j'enverrai un de mes intendants à Anvers acheter tous les kakatoès à huppes jaunes, arrivés du Brésil. J'ai calculé, il faudra 200 kakatoès ; chacun payé 60 francs : soit douze mille... Le voyage de l'homme, le transport des oiseaux... Cela fera quinze mille au bas mot. Est-ce une somme vulgaire ? (Très fière.) Et ne faut-il pas être Américaine pour avoir imaginé tout cela?

SOLANGE, à part, avec conviction.

Ah oui!... Et les pauvres kakato... sans huppes que deviendront-ils?

MADAME ARMANDINE, obstinée.

Quinze mille francs, pour qu'en voyant votre robe, chacun s'écrie : Ah! en voilà-t-il des queues de serin? (Avec ironie.) Cela sera très cher.

MADAME VANDERBILL, entêtée.

Le kakatoès n'est pas un serin.

MADAME ARMANDINE, de même, exaspérée.

Mais rien ne ressemble plus aux serins que les kakatoès...

MADAME VANDERBILL, irritée.

Que voilà bien mes Françaises! L'apparence!... toujours... (Très résolue.) Eh bien pour qu'on sache la vérité, je dépenserai vingt mille, trente mille francs, s'il le faut... Huit jours avant ma présentation, tous les journaux d'Angleterre et d'Amérique parleront de ma robe, de l'achat des oiseaux...

MADAME ARMANDINE, très sèche.

Tout cela ne convaincra pas le patron. (Avec orgueil.) C'est un véritable artiste que M. Jules, madame. (Avec volubilité.) Il emploiera tout ce que vous voudrez, l'aigle, le héron, le faucon, le pigeon, la mouette. Mais le serin... ah! jamais!... jamais... (On entend deux coups de timbre.) L'ambassadrice s'en va, M. Jules est libre... Veuillez m'attendre ici quelques minutes, madame. (Très grave.) Je vais lui soumettre la question qui nous divise.

MADAME VANDERBILL.

Oui, allez! Mais n'oubliez pas de lui parler des journaux.

Madame Armandine s'incline, et sort par la droite.

SCÈNE IV

MADAME VANDERBILL, SOLANGE, puis LA COMTESSE ROSE et ensuite JESSY et MADEMOISELLE DÉSIRÉE.

MADAME VANDERBILL, assise à gauche, prenant des gravures.

Vous n'en avez pas de nouvelles? Je connais celles-ci.

SOLANGE, avec importance.

Pas encore, madame. (Mystérieuse.) M. Jules est en plein travail de composition.. Et bientôt...

MADAME VANDERBILL.

Ce cher M. Jules! (Vivement.) J'espère bien qu'il pensera à moi pour une de ses créations?

SOLANGE, très empressée.

Oh madame!... Comment pourriez-vous en douter? (Finement.) La belle et riche madame Vanderbill est si souvent citée par la presse.

LA COMTESSE ROSE, entre par la gauche, à Solange, très gracieuse.

Bonjour, mademoiselle! J'ai un rendez-vous pris pour retouches avec mademoiselle Thérésa... Puis-je passer dans le salon d'essayage?

SOLANGE, *s'inclinant.*

Très certainement, madame la comtesse...

MADAME VANDERBILL, *se retournant.*

Ah chère !... ravie de vous voir... Chère... Vous savez cette présentation, dont je vous ai parlé ? (*Avec agitation.*) C'est dans quinze jours.

LA COMTESSE ROSE.

Vous venez pour cela conférer avec M. Jules. (*Très aimable.*) Oh ! votre succès était certain, mais avec un de ces chefs-d'œuvre... Ce sera un triomphe. Votre grâce, la renommée de votre immense fortune, et vos splendides bijoux...

MADAME VANDERBILL, *l'interrompant, fausse modestie.*

Oui... tout cela ce sont de petites choses... pas mauvaises. (*Avec force.*) Mais, j'aurais voulu faire plous.. (*Se reprenant.*) plus... Quelque chose de nouveau... de inconnu... (*Avec éclat.*) de splendide !

LA COMTESSE ROSE, *gaiement.*

Que vous êtes bien de votre pays, chère belle !.... Toujours en avant ! (*Avec malice.*) Je ne vois jamais une de vos charmantes compatriotes sans penser à ces superbes roses, qui, dans une gerbe, se dressent orgueilleusement comme pour s'imposer à l'admiration, aux dépens de leurs voisines. Et, si l'une de vous est peu jolie, elle cherche quelque autre moyen d'attirer l'attention sur elle.

MADAME VANDERBILL, *avec vivacité.*

C'est son droit ! Et c'est la vie cela... travailler, lutter. Conquérir la première place, à force d'originalité.

SOLANGE, *à part, riant.*

Au besoin... Avec deux cents huppes de kakatoès..

MADAME VANDERBILL, entrée de Jessy et de mademoiselle Désirée.

Demandez-le plutôt à ma cousine Jess.

LA COMTESSE ROSE, avec ironie.

Oh Jessy, pousse le désir de gloire jusqu'à l'héroïsme, (Bas.) Vous savez ce qu'elle tente en ce moment?

MADAME VANDERBILL, curieuse.

Mais non...

LA COMTESSE ROSE.

Interrogez-la... C'est extraordinaire!

MADAME VANDERBILL, très amicale, à Jessy, qui, pâle et languissante, s'est très lentement approchée, en s'appuyant sur une ombrelle à long manche.

Bonjour, Jess! Qu'avez-vous? Vous n'avez pas trop bonne mine ce matin, chère?

JESSY, se redressant.

Quelle idée! Amalia. (A la comtesse qui lui tend la main.) Enchantée de vous voir, chère madame.

LA COMTESSE ROSE, avec un intérêt mêlé de pitié.

Eh bien, votre record, ma chère?

JESSY, vivement.

Mon record! Il se poursuit de la façon la plus régulière du monde. (Avec force.) Oh! je réussirai!

Louisette paraît sur le seuil à droite et fait un signe à la comtesse.

LA COMTESSE ROSE.

Ah! Mademoiselle Thérésa m'attend!... J'aurai sans doute le plaisir de vous retrouver tout à l'heure?

MADAME VANDERBILL, avec vivacité.

Oh! très certainement! Je ne quitte pas d'ici sans que tout soit convenu pour ma toilette avec M. Jules..

La comtesse Rose sort par la droite, Louisette la suit.

SCÈNE V

MADAME VANDERBILL, JESSY, MADEMOISELLE DÉSIRÉE, SOLANGE, puis MADAME ARMANDINE.

Madame Vanderbill et Jessy sont assises à gauche, à droite mademoiselle Solange et mademoiselle Désirée regardent des gravures en causant bas.

MADAME VANDERBILL, curieuse.

Jess! Qu'est-ce donc que ce record dont vous a parlé la comtesse?

JESSY, très sérieuse.

Le record que j'ai entrepris depuis un mois, ma chère! (Avec emphase.) Celui de la taille mince.

MADAME VANDERBILL, riant.

Vous avez des chances de réussir... vous êtes déjà un roseau.

JESSY, obstinée.

Dites que je le deviens, à force de volonté. (s'animant.) Oh! vous ne pouvez savoir quel intérêt une chose semblable met dans la vie... Je m'ennuyais à périr... maintenant plus, avec cette idée de triompher à tout prix. (Avec fierté.) de vaincre les concurrentes... Car j'ai des concurrentes, Amalia. (Avec dédain.) Croyez-vous, qu'en Amérique une certaine Mary Trompton se vante de l'emporter? (Triomphante.) Mais elle n'a pas mon système... (Avec vivacité.) Un système que j'ai inventé, et, par lequel chaque semaine je diminue de deux centimètres. Je veux ainsi descendre jusqu'à trente-huit.

MADAME VANDERBILL, effrayée.

Trente-huit centimètres de taille ! Mais Jess, c'est impossible !

JESSY, obstinée.

Impossible ! le mot n'est pas américain, ma chère. (Très sérieuse.) Il n'y a que quelques petites habitudes à prendre...

MADAME VANDERBILL, avec vivacité.

Lesquelles ?

JESSY, souriant.

Oh ! très simples !.. Ne plus boire, manger à peine, dormir le moins possible.

MADAME VANDERBILL, se récriant.

Mais c'est à faire frémir !

JESSY, avec flegme.

Non !... Et pensez donc Amalia, si cette expérience réussit... Quelle illustration pour le nom de Jessy Robertson, qui passera à la postérité, à l'égal de celui de Succi, le célèbre jeûneur. (Mystérieuse.) Je suis allée consulter le docteur Robichard, le grand spécialiste...

Elle met sa main sur sa poitrine comme si elle avait peine à respirer.

MADAME VANDERBILL, curieuse.

Et ?...

JESSY, avec effort, s'arrêtant à chaque mot.

Il m'a regardée, avec... beaucoup... d'intérêt.

SOLANGE, qui a écouté à part.

Comme une jolie bête curieuse...

JESSY, avec orgueil.

Et il m'a promis de parler de moi à l'Académie

des sciences, ma chère... (S'animant.) De plus, pour que je mène à bien mon record, il m'a fait un élixir que je dois prendre, toutes les demi-heures; sans cela, je tombe comme morte, ma chère...

MADAME VANDERBILL.

Curieux tout à fait! Montrez-moi cette fiole, Jess?

JESSY, avec humeur.

Y pensez-vous, Amalia? Comment voulez-vous que j'aie une poche, mince comme je le suis?... C'est mademoiselle Désirée qui... Ah!...

Sur ces derniers mots, elle se renverse sur sa chaise et reste pâmée.

MADAME VANDERBILL, avec un cri.

Oh! Elle se trouve mal!

SOLANGE, courant à droite.

Mesdemoiselles! vite!... du vinaigre!... de l'éther.

Euphémie, Corinne, Thérésa et Louisette accourent avec des bouteilles.

EUPHÉMIE.

Ah! C'est mademoiselle Jessy... Voilà le vinaigre..

CORINNE, avec vivacité.

Laissez... que je dégrafe son corsage...

MADEMOISELLE DÉSIRÉE, de même désolée.

Non... Tout cela est inutile!.. C'est ma faute, hélas! (Regardant la pendule.) 10 heures 32. Il y a deux minutes que mademoiselle Jessy aurait dû prendre sa dose. (Elle fouille dans son sac. — A madame Vanderbill et à Solange.) Je vais lui en faire avaler deux...

Toutes s'empressent auprès de Jessy, lui tapant dans les mains, pendant que madame Vanderbill lui fait respirer des sels.

SOLANGE.

Elle revient à elle!... L'effet de cette liqueur est merveilleux.

MADEMOISELLE DÉSIRÉE, secouant la tête.

Sans doute! Ce système pourtant a quelques petits inconvénients. (A madame Vanderbill.) Ainsi, l'autre jour, nous étions avec mademoiselle Jessy, à pied boulevard Montmartre... Mademoiselle Jessy, plus vive passe, moi, je reste sur le refuge, où un embarras de voitures me retient cinq minutes. Le moment où mademoiselle Jessy devait prendre sa dose, arrive... (Faisant un geste des deux bras.) Plouf! la voilà qui tombe sur le commissionnaire du coin...

JESSY, qui est revenue à elle, voix faible.

Oui... Et comme dans un rêve, j'entendis cette phrase étrange... Bougri! Ch'est-il pas un chat qui me tombe chur le dos?

MADEMOISELLE DÉSIRÉE, avec vivacité.

... Aussitôt que je puis passer, j'accours... Et, qu'est-ce que je vois, au milieu de deux cents personnes? Mademoiselle Jessy, comme morte, dans les bras du commissionnaire. On parlait de la transporter dans une pharmacie Quand j'ouvre mon sac, je prends la fiole. (Triomphante.) En une seconde, mademoiselle Jessy était ressuscitée.

JESSY, se redressant, voix plus assurée.

Et depuis cet instant, je me pose ce problème: étant donnée une jeune dame, qui tombe sur le dos d'un commissionnaire... Comment ensuite la retrouve-t-on dans ses bras?

MADAME VANDERBILL, avec vivacité.

Rien de plus simple pourtant, chère! Vous êtes

tombée. Plouf! Le commissionnaire s'est retourné surpris! Paf! et, avant que vous soyez à terre...

THÉRÈSA, geste brusque.

V'lan!

MADAME VANDERBILL, continuant.

Il vous a saisie dans ses bras. Ça été un mouvement rotatoire instinctif...

SOLANGE, riant.

Très heureux!

JESSY, se levant, très gracieuse.

Merci, mesdemoiselles! Je suis tout à fait remise.

Madame Armandine paraît, l'air joyeux.

MADAME VANDERBILL, allant à elle avec anxiété.

Eh bien?

MADAME ARMANDINE, vivement.

Ce que j'avais prévu arrive, madame... M. Jules ne veut pas entendre parler de huppes de kakatoès... Si vous voulez venir?... Il vous attend.

MADAME VANDERBILL, ennuyée.

Oh! que c'est désolant! Une idée si originale, et qui devait me coûter si cher.

Elle sort par la droite, suivie de madame Armandine, Euphémie, Corinne, Thérésa, Louisette s'en vont également.

SCÈNE VI

JESSY, MADEMOISELLE DÉSIRÉE, SOLANGE.

JESSY, assise à gauche, à Solange.

Montrez-moi ces gravures, je vous prie...

SOLANGE, très gracieuse.

Voici les modèles, exécutés pour le bal de l'Ambassade d'Autriche, mademoiselle...

JESSY.

Délicieux! (A mademoiselle Désirée, avec un cri.) Oh! voyez. Chère Dédé!.. Quelles tailles!.. C'est délirant, idéal! Tenez... celle-ci, en bleu pâle... (Enthousiaste.) Ce n'est plus du trente-huit centimètres, c'est du trente-cinq! Celle-là encore,... en rose... quelle minceur onduleuse! (Avec ardeur.) Oh! ressembler à cette rose!.. Je donnerais pour cela la moitié de ma fortune.

MADEMOISELLE DÉSIRÉE, voulant la calmer.

Voyons, chère mademoiselle... Ne vous agitez pas ainsi. Vous savez bien que cela n'est possible que sur le papier? (Frappant la gravure du doigt.) Ces belles dames là, n'ont ni cœur, ni foie, ni côtes... Et vous en avez, vous!

JESSY, avec force.

Moi! Eh bien je les comprimerai... Je les rétrécirai... Je les supprimerai, pour parvenir à la célébrité. Oh! ce record!.. ce record... plus que jamais, je veux...

La voix lui manque... elle se renverse sur sa chaise.

MADEMOISELLE DÉSIRÉE, avec désespoir.

Encore une crise! (A Solange très agitée.) Dans mon sac!.. la fiole... Ah! j'ai toujours peur de la voir passer...

SOLANGE, lui tendant la boîte.

Voilà!

MADEMOISELLE DÉSIRÉE, approchant la petite bouteille des lèvres de Jessy.

Ma foi, tant pis!.. Trois doses!.. (A part.) Comme cela, j'aurai un peu le temps de respirer.

SCÈNE VII

LES MÊMES, MADAME VANDERBILL,
MADAME ARMANDINE,
puis LA COMTESSE ROSE, LOUISETTE.

MADAME VANDERBILL, sur le seuil, à droite, parlant à la cantonade.

Je vous donne ma parole, monsieur Jules, que j'aurais dépensé vingt mille... trente mille...

VOIX DE M. JULES.

Inutile, madame! (Très ferme.) Quand le renom de ma maison est en jeu... je ne cède jamais.

MADAME VANDERBILL, ennuyée, petit salut.

Ah! (Elle descend la scène, suivie de madame Armandine qui la regarde d'un air moqueur. Puis, tout à coup elle se frappe le front, se retourne brusquement, bouscule un peu madame Armandine stupéfaite, et courant à la porte à droite, sur le chambranle de laquelle elle s'appuie de la main gauche, parlant face au public.) Oh! monsieur Jules!.. Cher monsieur Jules... Encore une minute! Je vous en supplie... Une idée! splendide...

MADAME ARMANDINE, ironique, à part.

Encore! Quelle imagination!

MADAME VANDERBILL, très animée.

Voilà! Pour ornement des perruches vertes... toutes mignonnes... des inséparables... Deux par deux... Oh! vous n'allez pas dire, non... Cher monsieur Jules? (Suppliante.) Des perruches!.. ce sont les oiseaux à la mode... Vertes!.. la couleur en vogue... Mais ce n'est pas tout. (Très vite.) Chaque perruche aura un collier or et diamants, d'où,... (*Elle fait des gestes accompagnant sa phrase.*) une chaîne, or et diamants également, ira se rattacher au collier de la première perruche du groupe voisin. Voyez-vous l'effet de tout ce vert... de tout ce or et de tous ces diamants?.. (*Avec force.*) Oh! ce sera admirable.

VOIX DE M. JULES, *un peu railleuse.*

En effet! Assez drôlet. (*Comme s'il faisait un calcul.*) Jupes de quatre mètres, sans la traîne... huit groupes de perruches... soit seize, corsage, manches, ceinture... Cinq groupes... dix... En tout vingt-six perruches. Avec les colliers et chaînes, cela ira dans les deux cent mille francs... N'est-ce pas beaucoup, madame Vanderbill?

MADAME VANDERBILL, *transportée.*

Oh! non!.. une misère pour moi! (*Joyeuse.*) Comme les journaux vont parler de ma robe... (*Avec vivacité.*) Mais, permettez, monsieur Jules... Il me faut plus de perruches que cela. Vous savez que la coiffure d'étiquette pour la présentation à la Cour d'Angleterre, ce sont les trois plumes blanches... Je veux y ajouter quatre perruches... deux sur chaque bouffant... Alors, cela fera trente...

MADAME ARMANDINE, *narquoise à Solange.*

Trente et une!.. En la comptant.

Elles rient. Jessy fait un geste de dépit.

VOIX DE M. JULES.

C'est dit : Trente perruches... Je vais donner des ordres à l'acheteur. (*Changeant de ton.*) J'ai bien l'honneur de vous saluer... madame...

MADAME VANDERBILL, *gracieux salut à droite.*

Au revoir .. cher monsieur Jules!.. à demain!

Elle descend la scène, se dirigeant vers Jessy restée à

gauche quand la comtesse Rose paraît, suivie de Louisette qui, deux dépêches à la main, va vivement auprès de madame Armandine.

LOUISETTE, à voix basse.

Toby vient de monter ces deux dépêches pour madame Vanderbill et mademoiselle Jessy... Madame.

MADAME ARMANDINE.

C'est bon... Ah! dites à Corinne, à Euphémie et à Thérésa, qu'elles viennent prendre ce qu'il y a ici sur les meubles...

Louisette sort, puis revient avec les jeunes filles qui, pendant le restant de la scène, doivent aller et venir, sans cependant gêner les personnes qui parlent.

MADAME ARMANDINE, à madame Vanderbill.

Une dépêche qu'on vient d'apporter de chez vous, madame.

MADAME VANDERBILL, descendant premier plan à droite, lisant à part avec son face à main.

C'est de ce cher Edouard... mon mari. (Cri étouffé.) Ah! (Voix saccadée, lisant.) Perdu cent dix millions, hier, dans krack. Ne pas dépenser trop d'argent pour présentation. (Haut.) Que c'est triste! (Désolée.) Mes pauvres petites perruches... (Avec un effort.) Allons... du courage!.. Il faut obéir... (Haut.) Madame Armandine?

MADAME ARMANDINE.

Vous désirez?

MADAME VANDERBILL, très abattue.

Vous allez dire à M. Jules... que je renonce aux perruches .. Qu'il mette ce qu'il voudra... à la place. (Désolée.) Des fleurs... (Voix sombre.) Dé ces choses jaunes... des champs.

MADAME ARMANDINE, choquée vivement.

Des pi...! Oh!.. Madame n'y pense pas ?

MADAME VANDERBILL, très nerveuse.

Eh! qui vous parle de ces plantes inconvenantes, ma chère ?.. (Froissée.) Cela! ce était une salade... pour les pôvres gens... Non... je voulais dire... cette jolie petite fleur qui était une poison.

MADAME ARMANDINE, soulagée.

Des boutons d'or! Oh! très bien... On vous mettra des boutons d'or, madame, beaucoup de boutons d'or.

MADAME VANDERBILL, avec effort.

Et cela ne sera pas cher?

MADAME ARMANDINE.

Non... et tout à fait charmant.

MADAME VANDERBILL, languissante.

Alors, c'est bien... (Allant à Jessy, qui, sa dépêche à la main, cause vivement avec la comtesse Rose, et mademoiselle Désirée, attendrie.) Vous aussi, ma pauvre Jess... votre frère... ce krack ?

JESSY, se levant furieuse.

Ce krack ? Non... non... mon frère ne parle pas de cela dans sa dépêche. Mais ce que je suis outrée !... Des efforts surhumains... anéantis... perdus... (Frappant la dépêche.) Cette intrigante de Mary Trompton, a fait mesurer sa taille, hier, à la Société des Phénomènes de New-York... Elle a gagné le record !... Trente-six centimètres !... trente-six !... (Elle déchire la dépêche.) six! (Avec rage.) six! six!... six!...

MADAME VANDERBILL, stupéfaite.

Trente-six! Alors... qu'allez-vous faire, Jess?

JESSY, avec éclat.

Ce que je vais faire?

Toutes l'entourent anxieuses.

TOUTES.

Oui! oui!

JESSY, avec force.

Eh bien!... je vais manger...

TOUTES, riant.

Manger!

JESSY, avec fièvre.

Mais oui, manger... manger tout de suite... car je meurs de faim... (Avec envie.) Oh! du pain, du bon pain. (Gourmande.) avec du fromage... (Saisissant la main de mademoiselle Désirée.) Dédé! tout de suite, menez-moi où vous voudrez... chez Chiboust, Colombain. (Avec transport.) Dans un bouillon Duval, que je mange... que je mange...

LA COMTESSE ROSE, riant.

Eh là, chère Jessy!...modérez-vous. Après un si long jeûne, vous pourriez étouffer.

JESSY, avec force.

Non! non... Je serai prudente. (Avec ironie.) Mary Trompton a le record de la taille mince... Eh bien, moi dès ce jour, j'en commence un autre, de record. (Animée.) Celui des fossettes... J'en veux partout... car dans un an je veux être joufflue, potelée comme un véritable baby.

MADEMOISELLE DÉSIRÉE, gaiement.

Lubie pour lubie! je préfère celle-là, qui est...

LA COMTESSE ROSE, de même.

Infiniment plus gracieuse.

MADEMOISELLE DÉSIRÉE, prenant son sac, à Jessy.

Allons chez Colombain... Mais votre élixir?

JESSY, avec rancune.

Mon élixir? au ruisseau! (A madame Vanderbill.) Vous venez, Amalia?

MADAME VANDERBILL, avec un soupir.

Volontiers... On ne se figure pas, comme cela creuse de perdre cent dix millions tout à coup.

JESSY, vivement.

Bah! votre mari... un de nos milliardaires, en a encore assez pour sa part. (Avec gloriole.) Dans notre beau pays d'Amérique, se laisse-t-on abattre pour si peu? Au prochain krack, c'est lui qui enfoncera les autres.

MADAME VANDERBILL, avec conviction.

Je le souhaite! mais alors... en supprimant les diamants et les chaînes... mes chères petites perruches?

JESSY, vivement.

Non! (Bas, regardant madame Armandine et Solange.) Je vous dirai pourquoi... tout à l'heure. (Haut.) Que désirez-vous en somme, Amalia? qu'on parle de vous?.. Eh bien, pourquoi ne pas vous servir de ce krack?

MADAME VANDERBILL, avec élan.

C'est vrai! vous m'ouvrez des horizons, chère Jess... (Avec orgueil.) Elles ne courent pas les rues, en Europe, les femmes, dont les maris peuvent perdre cent dix millions.

LA COMTESSE ROSE, avec un sourire ironique.

Ou celles-là, du moins, sont trop arriérées pour songer à faire de ce désastre un moyen de réclame.

MADAME VANDERBILL, un peu dédaigneuse.

Il faut savoir profiter de tout, ma chère comtesse. (A madame Armandine.) Vous préviendrez M. Jules.

JESSY, à Solange.

Moi! je reviendrai un de ces jours. (A la comtesse Rose.) Vous nous accompagnez comtesse?...

LA COMTESSE ROSE, lui serrant la main, ainsi qu'à madame Vanderbill.

Merci!.. pas ce matin... Encore quelques recommandations à faire à madame Armandine...

MADAME VANDERBILL et JESSY, suivies de mademoiselle Désirée, sortent par la gauche, escortées par Solange et les jeunes filles. Au moment où celles-ci redescendent la scène, on entend dans la coulisse la voix de madame Vanderbill dire.

Mes petites perruches...

VOIX DE JESSY, de même.

En Amérique, oui, mais en Europe, ma chère...

LA COMTESSE ROSE, répétant.

En Europe!... en France surtout... aimables évaporées, on a ce qui vous manque souvent, malgré votre beauté, votre grâce, votre intelligence... (Souriant.) si déliée. Et vos millions! La juste mesure, le sens droit... le goût, dans l'originalité.

MADAME ARMANDINE, très aimable.

Absolument vrai! madame la comtesse. (Riant.) Enfin! grâce à ce krack...

SOLANGE, avec vivacité.

Plus de perruches!...

MADAME ARMANDINE, de même.

Ni de kakatoès jaunes!... (Avec force.) Et la réputation de la maison Jules est sauvée.

Rideau.

Imprimerie Générale de Châtillon-sur-Seine. — A. Pichat.

A LA MÊME LIBRAIRIE

PIÈCES POUR LA JEUNESSE

	J.G.	J.F.	Prix	
L'âge très ingrat	2	»	1	»
A l'Improviste	»	4	1	»
Les Amis de province	2	4	1	»
Arlequin, maître de maison	5	»	1	»
Les Avocats	4	»	1	»
Le Billet de Logement	»	2	1	»
Le Billet de Loterie		»	1	»
Les Brevets de Margot		2	1	»
Bureau de placement	»	6	1	»
Un Cercle de femmes	1	7	1	»
Le Château Grondoneau	7	»	1	»
Le Château de M. Toulardot	3	3	1	»
C'est dans le Petit Journal	»	5	1	»
La Cigale et la Fourmi	»	6	1	»
Colombine héritière	»	7	1	»
Cordon et bas bleus	»	3	1	»
Un Coup de tête	»	2	1	»
Le coup de vent (2 actes)	»	3	1	50
Le Crime de Moutiers	5	»	1	»
Les Cuisinières	»	7	1	»
Le Désespoir de Louison	»	4	1	»
Le Diable	3	3	1	»
Une Discrétion	»	2	1	»
Les Doctoresses	»	3	1	»
La Dot d'Alice	»	2	1	»
Duel de Sorcières	»	2	1	»
En pénitence	»	2	1	»
Un Fiancé anonyme	»	5	1	»
Le général Pruneau (de Tours)	2	1	1	»
Madame Harpagon (2 actes)	»	8	1	50
Mme l'Influenza	»	7	1	»
La Malade imaginaire	»	6	1	»
Mademoiselle Soupe au lait	»	3	1	»
Mardi de Mme Bobichon	»	3	1	»
Ma sœur Claire	»	4	1	»
Miss Peackle	»	2	1	»
La Nuit de Noël	»	3	1	»
Une Nuit orageuse	4	»	1	»
Le Pâté	3	1	1	»
Une Perle	»	2	1	»

	J.G.	J.F.	Prix	
Le Premier Bal	»	5	1	»
Le Réveil du Calife	4	»	1	»
La Ruse de Sylvie	»	3	1	»
Le Sac de Scapin	4	»	1	»
Treize à table	2	2	1	»
Le Trésor imaginaire	»	4	1	»
Le Truc de Rose	»	7	1	»
Le Vol-au-Vent	»	3	1	»
Voleux d'Parisien	1	1	1	»

PIÈCES POUR L'ENFANCE

	J.G.	J.F.	Prix	
Les Bavardes	»	2	»	50
Blanc et Bleu	2	»	1	»
C'en est une	1	3	1	»
La Cigale et la Fourmi	»	2	1	»
Une Collaboration	»	2	1	»
Un Complot	1	3	1	»
Les Deux Gascons	2	»	»	50
L'École buissonnière	2	»	»	50
Entre serin et moineau	2	»	1	»
Les exploits du docteur Popol	1	3	1	»
Fatal zéro	2	2	1	»
Fiancés en herbe	1	1	1	»
Five o'clock tea	»	2	»	50
Les Framboises	1	2	1	»
La Glace rompue	1	1	1	»
Une Grave Affaire	2	2	1	»
Une Histoire de Brigands	2	3	1	»
Les Joujoux	2	2	1	»
Le Jour de Mlle	1	1	1	»
Madame reçoit	»	5	1	»
Le Menuet d'Achille	1	1	1	»
Nô 1	2	»	»	50
Le Numéro gagnant	1	2	1	»
Le Paradis	3	2	1	»
Pensum (Charade)	1	2	1	»
Pervenche	2	1	1	»
Le Petit Monde	1	2	1	»
La Petite Princesse	»	2	»	50
Les Petits Ambitieux	1	1	1	»
Les Petits Révoltés	1	3	1	»
La pièce de 5 francs	1	1	1	»
Poucet et Poucette	1	2	1	»
Pour un Hanneton	2	2	1	»
Quand nous serons grandes	»	3	1	»
Le Renard et le Corbeau	2	»	1	»
Rêves d'Avenir	2	»	»	50
Vive le général!	2	4	1	»

Imprimerie Générale de Châtillon-sur-Seine. — A. Pichat.

www.ingramcontent.com/pod-product-compliance
Ingram Content Group UK Ltd.
Pitfield, Milton Keynes, MK11 3LW, UK
UKHW020948220726
13924UKWH00002B/566

9 782019 955960